A Raquel

Colección dirigida por **Marinella Terzi**

Primera edición: febrero 1988
Segunda edición: julio 1988
Tercera edición: noviembre 1989
Cuarta edición: diciembre 1992
Quinta edición: marzo 1994

© Pilar Mateos, 1988
© Ediciones SM
   Joaquín Turina, 39 - 28044 Madrid

Comercializa: CESMA, SA - Aguacate, 43 - 28044 Madrid

ISBN: 84-348-2371-3
Depósito legal: M-9033-1994
Fotocomposición: Grafilia, SL
Impreso en España/Printed in Spain
Librograf, SA - Molinaseca, 13 - Fuenlabrada (Madrid)

No está permitida la reproducción total o parcial de este libro,
ni su tratamiento informático, ni la transmisión de ninguna
forma o por cualquier medio, ya sea electrónico, mecánico, por
fotocopia, por registro u otros métodos, sin el permiso previo y
por escrito de los titulares del copyright.

Quisicosas

Pilar Mateos

Premio Lazarillo 1982

Ilustraciones de Pablo Núñez

ediciones **sm** Joaquín Turina 39   28044 Madrid

EN la clase de música
Quique se quejó
de dolor de garganta,
y a la mañana siguiente
no fue al colegio.
Ana encontró
su guante verde y azul
caído junto a la mesa.
Se agachó a recogerlo.

Apenas lo tocó,
dio un respingo
y replegó la mano
como los cuernos del caracol.
¡El guante
se estaba moviendo solo!
—¡Qué quisicosa! –se dijo Ana.
Y rápidamente
se inventó un acertijo:

¿Qué cosa y cosa es
no vista antes,
que se pasea
dentro del guante?

Era un ratón, sin duda.
Mirando el guante con atención,
y a una distancia prudencial,
se notaba claramente
que dentro había
un ratón pequeño.

Acababa de salir
del dedo anular
y estaba metiéndose
en el dedo gordo.
Ahora se agitaba
vivamente,
como si hubiera tropezado
en la oscuridad
o se hubiera perdido
buscando la salida.

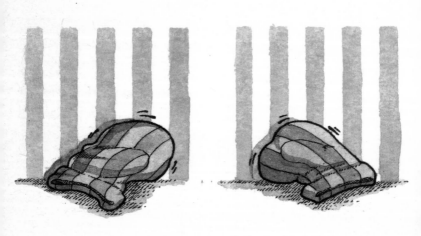

El ratón se dirigió
a la boca del guante
verde y azul,
y asomó la cabecita con cautela.
Bostezó.
La luz del día lo deslumbró
y se frotó los ojos.
No era un ratón.
¡Era una goma de borrar!
Era la goma de borrar
de Quique.

COMO si viniera
del fondo de un túnel,
la voz del maestro preguntó:
—Ana, ¿qué haces?
Ana no podía decirle
que estaba mirando
una goma de borrar
recién despertada,
que acababa de salir de un guante
verde y azul; así que dijo:
—Estoy haciendo la resta;
y es que no sé
cuántas me llevo.

—Te llevas dos
–dijo la goma de borrar–.
Ya has vuelto a confundirte.
Y se puso a borrar
afanosamente.
Borró la resta entera.

Luego se sentó
en el borde del cuaderno
y se limpió el sudor
con las manitas.
—Empieza otra vez —ordenó.
Ana la miraba asombrada,
con expresión de espanto;
y a la goma le dio la risa.

13

Tendrías que oír la risa
de una goma de borrar.
Es algo único.
—Venga —se impacientaba—.
Once menos ocho, ¿cuántas son?

ERA una goma de borrar
aparentemente vulgar.
Una de esas gomas
rectangulares,
de color rosado,

con la cabeza un poco achatada
de tanto borrar,
y algunas letras negras
en la barriga.
Era blanda y cálida,
eso sí;
pero no admitía comparación
con las que Ana
coleccionaba en su casa.
Gomas con olor a fresa,
a vainilla, a mandarina;

en forma de libros,
de quesos, de bombillas,
de grifos

que se abrían y se cerraban.
—¿Once menos ocho?
–apremió la goma de borrar–.
¡Que no te va a dar tiempo!
—¡Huy, es verdad!
–dijo Ana.
Era otra quisicosa,
y Ana se inventó rápidamente
el acertijo:

¿Qué cosa y cosa es
que le quitas ocho
y te quedan tres?

Pero no sabía la respuesta
y se puso a contar
con los dedos.
La goma de borrar
levantó los brazos
escandalizada.
—¡Piensa, piensa! –protestó–.
¡No cuentes con los dedos!

Tenía los brazos minúsculos,
y piernecitas
como las de un saltamontes.
Tenía unos ojos
divertidos y atentos.
La boca,
a veces se le veía
y a veces no.
La nariz se le había gastado
al borrar un futbolista
que a Quique le había salido
demasiado miedoso.

—Y tú ¿qué hacías
metida en un guante?
–preguntó Ana.
—Estaba durmiendo
–dijo la goma;
y añadió enseguida–:
Es el once.
Le quitas ocho
y te quedan tres.
—Ya lo sabía –dijo Ana.

COMO si viniera
de lo alto de un monte,
la voz del maestro preguntó:
—¿Con quién hablas, Ana?
Ana no podía decirle
que estaba hablando
con una goma de borrar
que sabía hacer restas
sin contar con los dedos;
así que contestó:

—La resta; que no me sale.
—Veaaamos –dijo el maestro–.
A ver qué paaasa.
Y se acercó a la mesa.
Ana vio que la goma de borrar
se quedaba muy quieta,
cruzada de brazos,
haciéndose la despistada.
El maestro observó el cuaderno
con aire complacido.
—Vas muy bien –comentó–.
Once menos ocho son tres.
¿Cuántas te llevas?
—Una –dijo Ana–.
El maestro asintió satisfecho
y se alejó.

Pero ahora
Ana no sabía cuántas eran
doce menos cinco
y te llevas una.
Era una quisicosa
muy complicada.

—Me doy por vencida –dijo.
Y se puso a dibujar
un monigote muy gracioso
que se llamaba Perote,
y usaba
un estrafalario sombrero
que parecía
una tienda de campaña.
La goma de borrar
no se lo permitió.
—¡No dibujes! –gritaba–.
¡Éste no es
el cuaderno de dibujo!
Las gomas de borrar
tienen una curiosa manera
de gritar.
Por lo general no se las oye
y nadie les hace caso.
Ana dibujó

PEROTE

las orejas puntiagudas
de su monigote Perote,
y la goma
se tiró de cabeza a borrarlas,
frotando con
furia de un lado para otro
como una goma loca.

—¡Aquí no se dibuja! –chillaba.
Ana se enfadó.
La agarró por los pies
sin contemplaciones
y la sacó de la página.
—Éste es mi cuaderno –dijo–,
y tú no te metas.
Entonces, la goma de borrar
se puso rabiosa.
Se metió
entre las piernas del monigote
para estorbar.
Corría detrás del lapicero,
le borraba
todas las líneas que trazaba
y le ponía la zancadilla.

El monigote Perote se cansó
y le dio un puntapié
con una bota a medio dibujar.
La goma de borrar
se cayó de bruces.
¡Qué pronto se levantó!
—Ahora verás –dijo.
Se subió encima del lapicero
como si montara
un caballo de madera.

Por más que Ana lo sacudía
no había forma
de que bajara de allí.
—¡Quítate! –le decía Ana–.
¡Que te quites!
La goma de borrar
se agarraba tercamente
al lapicero
con sus bracitos de saltamontes.
—¡Pues no dibujes! –insistía.
—¡Hago lo que quiero!
–gritó Ana–.
Y si quiero, dibujo.

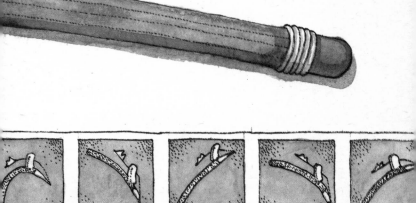

31

En ese momento
ya estaban mirándola
todos los niños de la clase.
Se oyó la voz del maestro
muy lejana,

como si viniera
de lo hondo del mar.
—Ana, ¿qué pasa?
Ana no podía contarle
que estaba peleándose
con una goma de borrar
que no quería
que dibujara monigotes
en el cuaderno de matemáticas;
así que dijo:
—Mi lápiz; que no tiene punta.
—Está bieeen –hizo el maestro–.
Toma el míío.

Se acercó a dárselo
y contempló
con admiración
el cuaderno de matemáticas.
—Hoy lo estás haciendo
muy limpio –comentó–,
sin tachones ni monigotes.
Ana pintaba monigotes
en los márgenes de los libros.
Ponía collares de flores
a Cristóbal Colón

y gafas de sol
a los elefantes.
Pero hoy, no.
—Está muy bien
–repitió el maestro–;
mejor que cualquier día.
Y Ana sonrió.
En clase de dibujo
copiaron las anémonas
que acababan de florecer
en la maceta de la ventana.

—¡Qué difícil!
–decían algunos niños.
Ana observaba las anémonas
con el pensamiento,
con el corazón, con las manos.
La goma de borrar
corría afanosamente
de un lado para otro.
Borraba un poquito aquí.
Limpiaba una mancha allá.
Acortaba una línea
que sobresalía
más de la cuenta.
—Esta flor es muy pequeña
–le decía a Ana–,
hazla otra vez.
Y esa sombra está muy plana.
Cuando terminaron,
su dibujo tenía
brillo y olor
y el tacto perezoso
de las anémonas.

—¡Qué bonito!
–dijeron algunos niños.
—Está muy bien
–comentó el maestro–;
mejor que cualquier día.

Y eso fue lo mejor.

Lo peor fue
que Quique se puso bueno
a la mañana siguiente.
Llegó y dijo:
—Esta goma es mía.
Y la goma,
con los ojos cerrados,
haciéndose la dormida.
—¿Me la regalas? –preguntó Ana.
—¡Nunca jamás! –contestó Quique.

Quitó la capucha al bolígrafo
y se puso a escribir.
Ana miró al bolígrafo
y miró a Quique.
—¿Me la vendes?

—¡Nunca jamás!
–dijo Quique.

Y la goma, con los ojos cerrados,

haciéndose la dormida.
—¿Dónde la has comprado?
—En la librería azul
–dijo Quique.

ANA corrió a su casa

y le pidió dinero a su padre.
—¿Para qué lo quieres?
—preguntó su padre.
—Para comprar una quisicosa.
—¿Qué quisicosa?
Ana le dio un beso
y se sentó en sus rodillas.
Le preguntó:

¿Qué cosa y cosa es
que cuanto más hace
menos se ve?

—La niebla –dijo el padre.
—No –corrigió Ana–.
Es la goma de borrar.

—¡Una goma de borrar!
–gritó su padre–.
¡Quieres comprarte
una goma de borrar!

Todos los vecinos abrieron
las ventanas del patio
y salieron a las escaleras,
a ver lo que ocurría.

—¡Tienes trescientas veintidós
gomas de borrar!
–clamaba el padre.
—Es verdad –admitió Ana–,
pero no sirven.
—¿Que no sirven?
El padre se puso de pie.
Los vecinos se asustaron tanto
que se metieron en sus casas
y cerraron las puertas
con candado.

—¿Que no sirven?
–clamaba el padre.
Trajo la colección
de Ana
y fue contando
gomas de borrar
en forma de plátano,
de limón,
de coco,
de caramelo,
de chocolate,
de nuez,
de fresa,
de aceituna,
de chirimoya.

—¿Por qué no sirven
estas gomas?
—Porque parecen de verdad
–contestó Ana.
Su padre se la quedó mirando.
Una mosca
que revoloteaba por allí
cayó al suelo, fulminada.
—A lo mejor me confundo
y me las como.
—Tú eres ya mayor

—dijo el padre—,
y sabes perfectamente
que no se comen.
—Es verdad —admitió Ana—,
pero a veces
tengo mucha hambre
y se me olvida.
Su padre parecía
a punto de llorar,
como si le afligiera que Ana
fuera tan atolondrada
y olvidara
las cosas
importantes.

Preguntó débilmente:
—¿Cuánto cuesta esa goma?
Y todos los vecinos abrieron
las ventanas del patio
al mismo tiempo,
se pusieron a conversar
de unos pisos a otros
y subieron de volumen
la música del tocadiscos.

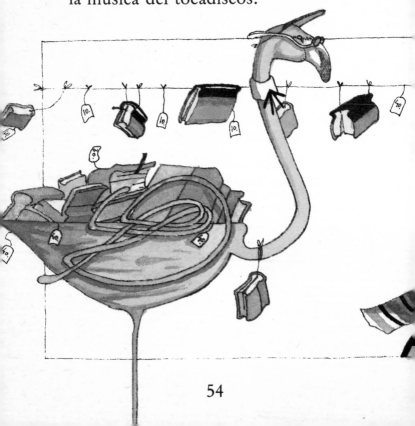

Ana tomó el dinero
y corrió alegremente
a la librería azul.
La librera se colocó las gafas

y la miró con dulzura.
—¿Gomas de borrar? —repitió—.
Me parece que no me quedan.
Tiró de un cajoncito.
Todos los relojes del mundo
se quedaron parados,
esperando.
Ana se olvidó de respirar.
—No queda ni una
—dijo la librera azul—.
No sé
lo que ha pasado
con esas gomas.

Me las habéis quitado
de las manos.
El corazón de los relojes
se puso otra vez en marcha.
Ana aspiró
una bocanada de aire espeso
con sabor a lágrimas.
Y de pronto,
tuvo un sobresalto.
—¡Un momento! –gritó.

Al fondo del cajón,
tambaleándose un poco,
aturdida por las oscilaciones
del terreno,
una pequeña goma de borrar
trataba de ponerse de pie.
Era una de esas gomas
rectangulares,
de color rosado,
con algunas letras negras
pintadas en la barriga.

—¡Mira qué bien!
–comentó la librera azul–.
Vas a llevarte
la última del lote.
Y se la entregó.

En la calle estaba lloviendo
y acababan de encenderse
las farolas.
Toda la ciudad relucía.

Con mucho cuidado,
Ana guardó la goma de borrar
en el bolsillo.

Durante unos momentos
la sintió removerse,
y notó el roce suave
de sus bracitos de saltamontes.
Luego,
se quedó
cómodamente sentada
y no volvió a rebullir
hasta que llegaron a casa.